KB157839

# 한국 희곡 명작선 93

내가 본 것

한국 희곡 명작선 93

# 내가 본 것

황은화

평민사

황은화

내가 본 것

— 내가 본 것은 내가 기다려온 것들이다.

**등장인물**

김기수 : 20대 중반의 남자
나영희 : 40대 중반의 여자
담당자들 4人
    멀티 남A
    멀티 남B
    멀티 여A
    멀티 여B

**무대**

- 기본구도

■

┌──────────┐
│          │          (무대)
└──────────┘

────────────────

□ □ □ □ □ □ □    (객석)

□ □ □ □ □ □ □

┌──────┐
│      │      책상
└──────┘
■          의자
□          객석의 의자

관객을 등진 대기자의 의자 두 개
무대 중앙에 담당자(접수자)의 책상과 의자

# 1. 기다리다

## 1-1. 기다리는 남자 (사무실에서)

두 개의 의자에 앉아 있는 두 사람. 두 사람은 관객을 등지고 앉아 있나. 하나의 의자에는 중년의 여자(나영희)가 앉은 채로 잠들어 있다. 다른 편에는 한 젊은 남자(김기수)가 초조하게 뭔가를 기다리고 있다. 남자는 한쪽 팔에 레터링 문신을 하고 있다. 민소매 티셔츠를 입고 있어 문신이 드러나 보여도 좋겠다(문신의 정도는 타인에게 위화감을 줄 정도는 아닌 어떤 신념이나 스타일을 드러내는 정도이다).

젊은 남자는 허리를 구부정하게 굽히고 앉아 뭔가를 기다리는데 시간이 경과함에 따라 초조함이 드러난다. 다리를 떨기도 하고 의자에 기댄 허리가 더 깊이 가라앉기도 한다. 손톱을 집착적으로 물어뜯거나 핸드폰을 계속 만지작거리기도 한다. 그가 이렇게 초조해하고 있을 때, 무대 가운데 책상 뒤 여자(경리직원)는 무심하게 컴퓨터 자판을 두드리거나 거래처와 통화를 하고 있다(실제 물건을 배치해도 좋고 마임으로 대체해도 좋다). 그러다가 하던 일이 마무리되자 여자는 핸드폰에 열중한다.

여자가 업무에서 벗어나 소일을 하자 젊은 남자는 더 이상 기다리지 못하고 일어나 여자에게 다가간다.

**기수** (건조하게) 저기요….

**여자A** 뭐요?

**기수** 알잖아요.

**여자A** 그러니까 뭐요?

**기수** 기다리잖아요.

**여자A** 그래서요?

**기수** 진짜, 장난쳐요?

**여자A** 좀만 기다려요. 아직 출근시간 안됐어요.

**기수** 어제도 그렇게 말했어요. 그런데 안 왔잖아요.

**여자A** 그래서요?

**기수** 안 오면요? 이번에도 안 오면 어떡할 거예요?

**여자A** 그러니까 약속을 정확하게 하고 오던가요? (혼잣말로) 뭐야, 약속도 없이 와서는….

**기수** 안 받는다고! 약속을 하려고 해도 사장이 전화를 안 받는 다고!

**여자A** 그럼 기다리세요. 아니면 가던가요.

기수, 있던 자리로 돌아가다 돌아선다.

**기수** 그냥 돈 주면 되잖아!

**여자A** (어이없어 하는 표정으로) 여기 은행 아닌데….

**기수**   사장한테 전화라도 좀 해봐요. 오늘 여기로 출근하는 거 맞긴 맞죠?

여자 대답 없다. 기수, 의자로 돌아와 앉는다. 하고 싶은 말이 떠올랐지만 참는다. 여자의 무심한 태도에도 불구하고 그의 요청이 효과가 있었는지 여자는 기수를 노려보다가 전화를 건다. 그때 마침 남자A가 들어온다.

**남자A**   (핸드폰을 받지 않고 쳐다보며) 왜? 뭔데 아침부터?

여자A, 전화기 내려놓으며 턱을 까닥 움직여 기수 쪽을 가리킨다.
남자A는 기수를 알아보고는 모르는 척 사장실로 향한다.
기수가 잠시 딴 생각을 하다가 조금 늦게 남자A를 발견한다.

**기수**   사장님! 사장님!

남자A, 가다가 멈춰 선다. 어색하게 돌아선다.

**남자A**   왜 자꾸 찾아와!
**기수**   왜 자꾸 피하세요?

남자A, 피식 웃는다.

**남자A** 피하긴 뭘 피해!

**기수** 돈 언제 주실 거예요?

**남자A** 연락한다고 했잖아. 지금 자금이 원활하지가 않아요. 조바심 내지 말고 그 돈 떼어먹을 거 아니니까. 기다려봐!

**기수** 세 달 지났어요. 이번엔 확실히 날짜 얘기하세요.

**남자A** 야! 나도 그랬음 좋겠다. 그게 안 되니까 연락을 못 주는 거잖아. 얼마 되지도 않는데, 자꾸 이렇게 찾아오고 그러지 마라! 너 아니어도 내가 처리할 사람이 한 둘이 아니야. 나도 죽겠어. 나도 좀 살자, 어!

**기수** 사장님 사정은 모르겠구여. 세 달 지났고 사장님 말씀대로 얼마 안 되는 거 이젠 못 기다려요. 먼저 처리해 주세요! 이젠 아무 것도 못 믿겠어요.


기수는 순순히 물러나지 않을 기세로 그를 노려본다.


**남자A** 정색은, 아주 사람 죽일 듯이 쳐다보네.

**기수** 날짜 정하세요! 안 그럼 노동청에 신고할 테니까!

**남자A** 그래 신고해라 신고해! 누굴 사기꾼으로 아나. 얼마 안 되는 돈 갖고 니미~

**기수** 그 얼마 안 되는 돈이요…. (말을 하려다 울컥한 맘에 말을 잇지 못한다)

**남자A** 신고해도 되는데 말야. 것도 똑같아. 어차피 돈 주려면 시간이 걸린다고. 신고한다고 없는 돈이 팡 하고 튀어나오니? 아이고, 뭐 알지도 못하면서. 김 대리, 이번 달 말에 수원서 입금 예정 있지?

**여자A**　네, 뭐. 아마도요.

**남자A**　들었지?

남자A에게 전화 온다. 전화 받는다.

**남자A**　어, 그래. 안 그래도 내가 전화하려고….

**기수**　이번 달 말이라고 하셨습니다. 그러면 30일이요!

기수가 사장의 한쪽 팔을 잡는다.

사장, 순간 차가운 표정으로 돌변하며 기수의 손을 뿌리친다.

**남자A**　(단호하고 냉소적으로) 뭐 하는 거야, 지금! 얘기했으니까 적당히 해!

**기수**　30일!

**남자A**　어. (흘리듯 대답하고 다시 통화에 집중하며 사장실 쪽으로 걸어간다) 아무 일도 아냐! 그니까 어제 그게 뻥이 아니었다고. 와아~ 진짜 김 프로 대박이네 대박~ 웃겨~ (과장되게 웃는다)

남자A, 무대 뒤편으로 사라진다.

**기수**　(경리에게) 들었죠?

여자A, 대꾸하지 않는다. 기수, 자리로 돌아와 앉는다. 작은 소리로 '엿 같애!'라고 중얼거린다. 기수는 가만히 허공을 응시하다가 이어폰을 꽂고 영어공부를 한다. 어떤 문장들을 발음한다.

그 사이, 남자A가 다시 등장해 여자A에게 귓속말을 한다. 두 사람 뭐가 재밌는지 낄낄거리며 웃는다. 기수는 영어공부에 몰입해 있다.

남자A가 여자A의 뒤에서 목에 키스를 하고 가슴을 만지기도 한다. 남자A가 여자A에게 다시 귓속말을 하고는 무대 뒤편으로 사라지고, 여자A는 옷매무새를 가다듬는다. 립밤을 바르고 난 후 대기자 호출 버튼을 누른다(버튼소리가 울리면 공간은 사무실에서 은행으로 바꾼다).


## 1-2. 기다리는 여자 (은행에서)

벨소리가 울리자 졸고 있던 여자(영희)가 눈을 뜬다. 머리를 흔들며 정신을 차리고는 가져온 서류들을 챙겨 은행직원에게 다가간다.

**여자A**   고객님, 무엇을 도와드릴까요?

**영희**   대출하려고요.

**여자A**   직장 다니세요?

**영희**   10년 이상 근무했는데 두 달 전에 그만뒀어요.

**여자A**   대출은 얼마나 원하세요?

| 영희 | 삼천… (잠시 고민하더니) 삼천 오백이요! |
|---|---|
| 여자A | 먼저 신분증 주시고요. |

영희, 신분증과 서류 건넨다.

| 여자A | 담보가 필요한대 뭘로 하시게요? |
|---|---|
| 영희 | (힘없이 작은 목소리로) 집이요. |
| 여자A | 네? 못 들었습니다. |
| 영희 | 집이요. |

두 사람은 관객에게 들리지 않는 소리로 대화를 이어간다.
음악 잠시 흐른다. *추천 음악: 슈베르트의 '죽음과 소녀' 2악장*

음악소리 작아지면 기수가 이어폰을 낀 채 힙합노래를 부른다.
랩파트를 노래한다. 강력하고 임팩트 있는 발성이 아닌 작고 안
으로 들어가는 소리, 자기에게만 들리는 먹는 소리로 랩을 한다.

| 기수 | 뭐가 잘 나서? |
|---|---|
| | 니가 잘나서? |
| | 내가 뭐가 달라서? |
| | 우린 수저 같은 건 없어도 물고 나왔어 |
| | 이 목숨 하나 건다는 건 |
| | 뭐 어찌 되더라도 |

뭐 얻지 않더라도
언제나 별건 없지만
시간과 공상의 방
몽상가가 만들었지
이 세상의 반
그니깐 내가 갖지
못할 것은 없어!
그게 뭐든 시간이 문제일 뿐
시간이 문제일 뿐
시간…
시간…
우린 매일 조금씩 죽거든
넘어지고 일어서다
다시….

랩 하는데 전화가 온다.
모르는 번호라 멀뚱히 바라본다. 망설이다 받는다.

**기수**  네? (사이) 담당자시라고요? (사이) 저, 맞아요. 택배가 안 왔
어요. (신경질적으로) 나흘 전에 오기로 됐는데 안 왔다고. 그
거 해외 배송이라 오래 기다린 거라구여. (사이) 고객센터
요? 그 전에 아저씨가 확인해 주실 순 없나요? 주소 다시
불러드릴게요. (사이) 네, 맞아요. 그럼 배달이 잘못된 거네

요. 다시 말씀드리지만 안 왔다고요. 대체 어디에 배달하신 거예요? 그런 세탁소 뒤편 건물이요. (사이) 원래 저희 동네 담당이 아니라고요? 아니, 그래도… (사이) 앱이요? 센터에 접수하라고요? 물건이 이미 집 근처에 왔고 배달도 했다면서요? 주소가 틀린 것도 아니고. 그니까 제가 아니라 아저씨가 연락해서 처리해야죠? (사이) 안 된다뇨?! 무슨 일이 그래요. 그니까 이치에 안 맞잖아요. 실수를 아저씨가 했는데 왜 제가… (사이) 알았어요. 알았다고!

기수는 신경질적으로 전화를 끊고 핸드폰으로 검색을 하기 시작한다.

여자A와 영희가 대화를 시작한다.

**여자A**  고객님!

**영희**  네.

**여자A**  아무래도 대출이 힘드시겠는데요. 신용등급도 안 좋으신데다가 집 담보로 이미 대출이 있으신데요.

**영희**  대출이 있다고요? 그럴 리가요!

**여자A**  (문서를 내밀며) 여기 보세요!

영희, 문서를 유심히 본다.

| 영희  | (한참을 보다가) 말도 안 돼! |
| 여자A | 남편분 이름으로 대출이 있어요. |
| 영희  | 남편 없어요. |
| 여자A | 네? |
| 영희  | 이혼했어요. (작은 소리로) 미친 놈! 언제 한 거죠? |
| 여자A | 2년 전이네요. 여기! |

내용을 확인한 후, 영희는 심호흡을 크게 한다. 무슨 말을 하고 싶은데 입이 떨어지지 않는다.

| 여자A | 죄송하지만 기존 대출 때문에 집 담보로는 대출이 힘드시 겠고요. 차 있으세요? |

영희, 고개를 젓는다.

| 여자A | 그럼… 담보 없이는 오백에서 칠백까지는 가능할 거 같아 요. 이번 달까지 금리 이벤트가 있어서 3% 정도는 더 낮 게 해드릴 수 있어요. 알아봐 드릴까요? |
| 영희  | 아니요. |

영희, 갑자기 여자A에게 귓속말을 속삭인다.

| 여자A | 그러면 지점장님 오실 때까지 기다리시죠! |

영희, 고개 끄덕인다.

**여자A**   오실 때까지 서류와 신분증 가지고 기다리세요.
**영희**    얼마나요?
**여자A**   일단 기다려보세요.

영희가 자리로 놀아와 앉는다. 가방에서 (천수교) 묵주를 꺼내 세기 시작한다.

반면, 기수는 이어폰을 꽂고 영어 공부 중이다. 영희가 옆에 기수를 의식한다. 공부하는 기수를 물끄러미 쳐다본다. 그러나 기수는 시선을 의식하지 못하고 공부에 몰입 중이다. 영희가 가방에서 단팥빵을 꺼내 기수 앞에 내밀자 기수는 놀란다. 영희가 빵을 계속 권하지만 기수는 극구 사양한다.

**기수**    괜찮습니다.

기수는 등을 돌리고 영어공부를 한다. 영희는 기특한 청년에게 빵을 주고 싶은 마음이 간절하다. 그래서 기수가 앉은 의자에 조금 남은 빈 공간에 빵을 올려놓는다.
은행지점장(남자B)이 등장한다. 그 모습 보고 영희는 급하게 창구 쪽으로 달려간다. 그때 영희가 갖고 있던 전단지 중 하나가 바닥으로 떨어진다.

| | |
|---|---|
| **영희** | 안녕하세요! |
| **남자B** | 안녕하세요! |

영희가 지점장을 지긋이 바라본다.

| | |
|---|---|
| **여자A** | 지점장님, 모르세요? 고객님께서 지점장님을 잘 아신다고~ |
| **남자B** | 글쎄, 모르는… (영희 쪽을 보며) 그런데 왜 그러시죠? 제게 무슨 용무가 있으신가요? |
| **영희** | 죄송하지만 부탁을 드리고 싶습니다! 제 얘기를 한 번 들어봐 주시면…. |
| **여자A** | 뭐예요? 이러시면 곤란하죠. (점장에게) 대출건으로…. |
| **남자B** | 아 그러시구나~ 근데 제가 좀 바빠서. 여기 이 친구가 업무를 잘 봐줄 겁니다. 잘 부탁해요 그럼…. |

지점장, 빠른 걸음으로 자리를 떠난다.

| | |
|---|---|
| **영희** | (떠나는 지점장을 향해) 제 얘기 한 번만 들어봐 주세요! 제가 그렇게 형편이 어려운 사람이 아니라요. 돈을 당장 쓰려는 게 아니고 계획한 일이 있는데, 그대로만 되면 상환에는 문제가 없고, 한 푼도 안 쓰고 돌려 드릴 수도 있어요. |

영희가 지점장에게 가려고 하자 여자A가 막아선다.

**여자A**   이렇게 막무가내로 나오시면 안 되죠.

**영희**   (여자A를 밀어내며) 잠깐만요, 잠깐만! 말이라도 한 번 들어 보시고, 제 얘기를 한 번만 들어보시면….

**여자A**   그만요! (보완요원을 찾아) 여기요, 매니저님!

은행보완요원(남자A)이 재빠르게 달려온다. 요원이 영희의 팔을 잡는다. 단순히 팔을 잡는 것이지만 그 힘의 무게에 영희는 더 이상 아무 말도 하지 못하고 의욕을 잃어버린다. 은행보완요원이 영희를 밖으로 끌고 나간다.

잠시 후, 기수가 몸을 돌린다. 빵이 바닥으로 툭 떨어진다. 빵을 줍고는 멍하니 쳐다보다 무슨 맘인지 먹기 시작한다. 빵을 먹으며 발 아래 실종자 전단지를 발견하는데, 바로 집지 않고 얼마간 내려 보다가 집어든다. 전단지 속 아이를 유심히 본다.

**기수**   12세, 147센티, 보통 체형, 계란형 얼굴, 쌍꺼풀 없는 작은 눈, 연핑크색 스누피티셔츠, 청멜빵바지, 보라색 머리띠, 하얀색 운동화, 영어를 남다르게 잘함. 결정적 제보를 해주신 분께는 사례금 3천 만 원. 이름 신.혜.영. 혜영.

음악 흐른다.
무대 어두워진다.

# 2. 같이 기다리다

## 2-1. 구산지구대

분주한 지구대원들. (남자A, B, 여자A, B)

민원인과 전화 통화를 하는 사람도 있고, 문서를 훑어보면서 담당자들끼리 잡담 비슷한 대화를 하기도 한다. 의자에 앉아 있던 기수가 심호흡을 하고 그들에게 다가간다. 여순경이 응대한다.

**여자A**  (수화기 내려놓으며) 무슨 일이시죠?

**기수**  그게… 제가… 얼마 전에요.

**여자A**  잠시만요, 급한 전화라~ (휴대폰으로 걸려오는 전화를 내려다보며) 반장님! 구청에서 연락 왔는데요.

**남자B**  아, 또 왜?

**여자A**  아시잖아요~

**남자B**  그 CCTV?

**여자A**  아니요. 레미안 아파트요.

**남자B**  앓느니 죽자, 앓느니 죽어!

**여자A**  받아 보실래요?

**남자B**  받기 뭘 받어! 어차피 갈려고 했어. (다른 경찰들에게) 야, 최경사! 뭐해? 얼릉 가자! 가! 깝깝하다.

**남자A**  레미안이면 이따 거기서 순대국이나 먹죠.

| 여자B | 또요? |
|---|---|
| 남자B | 일단 가! 가! |
| 여자B | 짜증 나~ |

남자A와 여자B가 짜증스런 표정을 짓더니 남자B를 따라 빠르게 퇴장한다. 여자A는 자신에게 걸려오는 핸드폰 수신이 끊기길 기다리다가 끊기는 걸 확인하고는 기수에게 눈길을 돌린다. 기수가 다시 말을 하려는데 지구대 수화기로 전화가 온다.

| 여자A | 네, 구산지구대입니다. (사이) 네, 선생님! CCTV 설치는 구청하고 저희가 얘기하고 있으니까요. (사이) 네, 선생님! 오늘 당장은 힘들고 일주일 이상은 걸릴 겁니다. 더 걸릴 수도 있고요. (기수에게) 잠시만 기다리세요! (기수가 대답할 새도 없이 다시 통화에 집중한다) |
|---|---|
| 기수 | 벌써 30분 기다렸는데요. 아니, 아닙니다. 다음에 오겠습니다. |

기수 자리를 떠난다. 여자A는 기수가 떠난 줄도 모르고 통화를 한다.

| 여자A | 네, 선생님! 설치는 구청에서 하는 거라서요. 그쪽에 연락을 하시고요. 네네. 맞습니다. 네네. 저희도 다른 구역들 체크해서 CCTV 설치구역을 넓히도록 하겠습니다. (사이) 알 |
|---|---|

겠습니다. 저희도 업무가 많다 보니까. 최대한… (상대방이 일방적으로 전화 끊어버린다. 멍하니 수화기 들고서) 지 할 말만 하네. 나이를 먹으면 다들 귓구녕이 막히나. 죄다 듣지를 않아. 어우~ 진짜~ 다 갈아버린다, 갈아버려. 어우~

방금 전 있었던 방문자가 생각나 기수가 기억나서 주변을 살펴본다. 고개를 갸우뚱한다. 다시 전화가 걸려온다.

**여자A**  네, 구산지구대입니다. 말씀하세요~

전화 통화를 한다. 그 사이 영희가 비타민음료 박스를 가지고 지구대로 들어온다. 책상 위에 실종 전단지와 음료박스를 올려두고 가져온 물티슈로 책상을 닦기도 한다. 비타민 음료를 꺼내 여순경에게 건넨다. 여순경 통화 끝내고 인사한다.

**여자A**  안녕하세요! 또 오셨네요.
**영희**  별일 없지?
**여자A**  네. 뭐 일은 많지만 별일이란 게….
**영희**  많이 바빠?
**여자A**  정신없네요. 이 지역이 여름에는 일이 많네요. 사건들이요. 잘 지내셨죠?
**영희**  전단지 다시 찍어 왔어. 500장이야!
**여자A**  어이구, 저희 지구대에도 아직 많긴 한대요. 그래도 많으

|      |      |
|------|------|
| | 면 좋죠. |
| **영희** | 내가 정신이 없어서 몰랐는데 인쇄소에서 잘못 인쇄했어. 인상착의 내용을 잘못 썼더라고! 도대체 일을 어떻게 하는 건지. 내가 적어둔 종이쪽지를 잃어버렸다나. 그래서 내가 막 따져서 새로 인쇄시켰어. |
| **여자A** | 잘 하셨네요. |

여자A는 전단지를 들여다본다.

|      |      |
|------|------|
| **영희** | 처음에는 못하겠다고 막 우기다가 내가 접수할 때 상황을 다 풀어서 말해주니까 변명을 못하더라고! 담당자에게 내가 분명히 전달한 내용이 있거든. 내가 그 내용을 사진으로도 찍고 노트에도 다 적어놔서 틀릴 수가 없거든. 내 말 다 듣더니 이렇게 새로 해줬어. 1000부 했는데 500장은 여기 가져왔어. 괜찮지? |
| **여자A** | 그러셨구나. 그럼요, 두고 가세요! |
| **영희** | 우선 지구대 앞이랑 저 벽에 있는 거 바꿔줘! 내가 우리 동네는 싹 다시 붙일 건데, 이 순경도 순찰 돌 때 시간 내서 붙여줘! 그래 줄 수 있지? |
| **여자A** | 그럼요. 그래야죠. |
| **영희** | 고마워. 신경 좀 써줘. |
| **여자A** | 힘드시죠? |
| **영희** | 그런 말 하지 마~ (사이) 혹시 말야, 무슨 소식은 없어? |

**여자A**  뭐, 없네요. 있음 바로 연락드리죠.

**영희**  알아보고는 있지?

**여자A**  계속 체크는 하고 있어요. 죄송해요.

**영희**  죄송은, 알아보고 있으면 됐지. 제보자가 나와야 할 텐데. 그지? (사이) 혹시 그 사이 실종사건이 또 생기지는 않았어?

**여자A**  실종사건이요?

**영희**  또 다른 사건! 내가 집에서 가만 생각을 해보니까. 이런 일이 또 생길 수도 있으니까. 나만 그런 게 아니라매. 계획적으로 할 수도 있고 그렇게 되면 수사를 할 때 서로 연관성이 생겨서….

**여자A**  그게… 아 맞다! 저희 지구대는 아닌데 옆 지구대에서 아이 실종이 한 명 있었다고는 해요. (괜한 말을 했다는 걸 뒤늦게 깨닫고 입을 가린다)

**영희**  진짜? 진짜로? 진짜 그랬어? 근데 왜 말을 안했어? 이거야말로 바로 연락을 줘야잖아, 어?

**여자A**  아니, 그게… 오해하지 마시고요, 어머니! 정식으로 공조요청이 온 게 아니라 오다가다 들은 얘기에요. 저도 실종인지 정확한 게 아니에요. 괜한 말씀 드렸네요. 오해 마세요!

**영희**  (여자순경의 손을 잡으며) 오해라고? 그런 말을 왜 그냥 흘려들어? 진짜인지 아닌지 확인을 해야지. 사람이 없어졌다는데 그게 얼마나, 그게 얼마나….

**여자A**  그게 아니라….

**영희**  그런 일이 있는데 공조 요청을 안했다고! (사이) 흘려들었

든, 어쨌든 들은 거잖아! 거기가 어디야? 거기가 어디고, 누가 얘기한 거야?! 제발~

**여자A**  어머니, 제가 실수 한 거 같습니다.

**영희**  뭔 실수? 지금 내가 말꼬리 잡으면서 일 복잡하게 하는 거야? 말도 안 되는 거 가지고 소란떠는 거냐고? 근데 내 귀에는 그렇게 안 들려.

**여자A**  혜영 어머니!

**영희**  그거 알아? 난 어떤 것이든 다 기다리고 있는데. 그쪽은 지금 나한테 괜한 얘기했다고 말을 하네.

**여자A**  아니에요. 그렇게 흥분하실 일이 아니라서 그래요. 어머니, 지금 너무 예민하세요.

**영희**  내가 예민 안 하면 누가 예민해? 아무도 내 아이를 찾지 않는데 내가 예민해야지. 이 순경, 오늘 내 아이 찾았어? 한 번이라도 찾아보러 나갔냐고? 아무 것도 필요 없고 들은 데로만 말해봐! 내가 알아볼 거니까. 어디에서 그랬다고?

**여자A**  갈현지구대….

**영희**  갈현. 알았어.


가려는 영희를 붙잡는 여자A


**여자A**  가지 마세요, 어머니! 제가 책임지고 알아볼게요. 알아보고 나중에 전화 드릴게요.

**영희**  나중에 언제?

25

| | |
|---|---|
| **여자A** | 내일 알려 드릴게요. |
| **영희** | 내일이라고?! 왜 오늘, 지금 당장 못 하는데? |
| **여자A** | 제가 지금 다른 일이 있어서…. |
| **영희** | 무슨 일인데 얘기해 봐. 뭐가 더 급한데? |
| **여자A** | 어머니, 제가 책임지고 내일까지 알아봐 드릴게요. |
| **영희** | 나 보여? 지금 나 보이냐고? 내가 보이기는 하냐고? |
| **여자A** | 네? |
| **영희** | 관둬! 내가 갈현, 거기 알아볼 테니까. 신경 쓰지 마! 니 가족 아니라고 그러는 거 아냐. 니 피붙이 사라진 거 아니라고 쉽게 말하지 마! 더 급한 게 있다고?! 내일 연락 주겠다고! 아이고 참! |
| **여자A** | 일에는 순서와 절차가 있어요. |
| **영희** | 그러겠지. 그 절차와 순서가 있어서 우리 아이를 잘도 찾았지. |
| **여자A** | 어머니, 이러시면 곤란하세요. 이러시면 저희가 도와 드릴 수가 없다고요. |
| **영희** | 안 도와줘도 돼! 내가 찾을 거니까. 어차피 사건도 많다매. 나는 하나밖에 없어. 내 할 일은 하나밖에 없다고. 그러니 신경 쓰지 마! |

영희는 가져온 전단지와 음료수 박스를 다시 챙긴다. 여순경에게 주었던 음료도 도로 가져간다.

| | |
|---|---|
| **영희** | 남의 일이라고 이러면 못써! 못 쓴다고! |
| **여자A** | 어머니! 제가 확인해서 꼭 알려드릴게요. |

영희, 듣지 않고 퇴장한다.

걱정스런 표정으로 서 있는 여순경

## 2-2. 인력사무소

의자에는 기수가 앉아 있고, 가운데 책상 뒤에는 인력사무소 소장(남자B)이 앉아 있다.

| | |
|---|---|
| **남자B** | 7시 넘었어. 이제 일 없으니까 가요. |
| **기수** | 좀만 더 있을게요. |
| **남자B** | 일 없어. 내일 와. (사이) 진짜 안 가? 근데 그쪽 기술 있다고 했나? |
| **기수** | 없다고 말씀드렸는데요. 저번에도 물어보셨는데. |
| **남자B** | 아하~ 그랬지. 혹시라도 연락 오면 전화 줄 테니까 걱정 말고 가요. |
| **기수** | 네. |

기수는 대답은 했지만 일어나지 않는다.

| 남자B | 가라고! |
|---|---|
| 기수 | 네 |
| 남자B | 가라고! |
| 기수 | 네 |
| 남자B | 어라! 일 하루 이틀 하려고? 나 밥 먹으러 가야돼. 정 그러면 같이 밥이나 먹으러 가. 요 앞에 콩나물국밥 잘 하는 데 있어. |
| 기수 | 아닙니다. 괜찮습니다. |
| 남자B | 거슬려. 영~ 거슬려. |
| 기수 | 갔다 오세요. 그때까지 제가 여기 있을게요. |
| 남자B | 그러던가 말던가! 아직 젊은데, 좀 갑갑하다. 있잖아, 그렇게 안 해도 돼. 그러면 될 일도 안 돼. |
| 기수 | 네. |

남자B, 퇴장하지 않고 책상에 한 손을 올려두고 손가락들을 책상 면에 폈다 접었다 하면서 소리를 낸다. 뭔가를 생각하는 제스처다. 그 사이, 영희가 들어와 비어 있는 한쪽 의자에 앉는다. (같은 공간에 다른 시간이 열린다)

| 남자B | 영희 씨, 식사나 하러 갑시다! 배 안 고파요? |
|---|---|
| 영희 | 아침을 잘 안 먹어서요. |
| 남자B | (웃으며) 어제, 일 할 만하셨어요? 들으니까 일 잘 하신다고, 열심히 하신다고. |

| 영희 | 감사합니다. 그런데 오늘은 일이 어떻게 될까요? |
|---|---|
| 남자B | 오늘은 보자… 음… 4시에 상계동 가실 수 있으세요? |
| 영희 | 네. 가능해요. 무슨? |
| 남자B | 저녁에 생파래나 뭐래나, 의사집인데 가서 서빙이랑 설거지 하시는 건데 아마 거의 설거지일 거예요. 일당은 11만 원인데 12만 원 해달라고 했어요. 거기 팀이 있으니까 그 사람들 시키는 대로 하시면 되고. |
| 영희 | 정말 감사합니다. |

남자B, 영희에게 다가간다. 뒤에서 영희의 양어깨를 짚는다. 영희, 순간 놀라 몸을 움츠린다.

| 남자B | 영희 씨가 열심히 하신다니까 저절로 챙겨드리게 되네. |
|---|---|
| 영희 | 돈 벌어야 해서요. |
| 남자B | 그래야죠. 돈 많이 벌어야죠. 그렇다고 너무 무리하진 마세요. 뭐든지 요령껏, 요령껏 하는 게 좋습니다. 힘든 거 있음 언제든지 얘기하시고. |
| 영희 | 감사합니다. |
| 남자B | 시간 좀 있으니까 밥이나 먹으러 가시죠. 요 앞에 콩나물 국밥 죽이는 데 있어요. 국물이~ 이건 뭐 예술이야, 예술! |
| 영희 | 저는 아침 생각이 없어서…. |
| 남자B | 노노! 일 하시려면 고쳐요. 한국 사람은 어떻게든 밥심으로 일하는 겁니다. 가시죠! 맛있는 집이니까 아침 든든히 |

|      | 드시고 집에서 쉬시다가 가셔야지. 자아~ (영희를 일으킨다) |
|------|---|
| 영희 | 저는…. |

남자B는 마치 애인에게 하듯 영희의 허리를 감싸더니 데리고 나
간다. 영희는 불편한 표정으로 마지못해 끌려 나간다.


## 2-3. 상담 (유학원 / 정신과)

여자 상담원(여자B)이 등장. 책상 뒤에 앉는다.
손거울을 보며 화장 쿠션으로 볼터치를 몇 번 한 후 벨을 누른다.
기수와 영희가 등장해 의자에 앉는다.
(같은 공간, 다른 시간)


| 여자B | 무슨 일이시죠? |
|------|---|
| 기수 | 워킹홀리데이 신청하려고요. 어디 추천해 줄만한 곳이 있을까요? |
| 영희 | 잠을 통 못자요. 잠들어도 가위에 잘 눌려요. 남이 제 얘길 들어주면 나아질까요? |
| 기수 | 호주가 제일 괜찮은 거죠? 체류기간은 아직 정하지 않았는데 될 수 있으면 오래 있고 싶습니다. 2년이라고요? 2년은 짧은 거 같은데요. |
| 영희 | 딱히 친구는 없어요. 하지만 친구보다는 며칠 전 실종사 |

건을 당한 어머니와 통화를 했는데, 그분이 지금은 제 위로이자 힘이에요. 어제는 만나기로 약속을 했는데 그쪽에서 일이 생겨 약속을 취소했어요. 아무래도 부담스러웠나 봐요.

**기수**    필요한 서류는 뭐가 있을까요? 죄송한대, 북유럽, 스웨덴 같은 나라는 워킹홀리데이가 없나요? 갑자기 생각이 바뀌었어요. 호주보다는 추운 나라에 가고 싶네요. 조건이 많이 까다롭나요?

**영희**    프로그램이 있다고요? 진짜 도움이 될까요? 그런 데 오시는 분들은 어떤 분들이세요? 평범하다고요? 제가 평범해 보이세요? 제가 어딜 봐서….

**기수**    영어 공부는 하고 있어요.

**영희**    우리 아이는 영어를 참 잘했어요. 저도 영어를 다시 배워 볼까요? 저를 닮았어요. 저도 어학과 미술에 재능이 조금 있었거든요.

음악이 잠시 흐르고 두 사람 위치를 바꾼다.

**여자B**    뭘 원하세요?

**기수**    두 번. (사이) 두 번 시도한 적이 있습니다.

**영희**    조용한 나라는 어디에 있죠? 안전하고 조용한 나라요.

**기수**    그러니까 공황장애란 거죠? 일단 약물 치료 밖에 없고요? 프로그램이 있다고요? 거긴 공황장애 환자들만 모이나요? 다행이네요. 공황장애 환자들만 있는 건 정말 견딜 수 없을 거 같네요. 생각만 해도 숨이 막혀요.

**영희**  아프리카는 어때요? 거기도 이민이 쉬울까요? 특별히 뉴질랜드 권하시는 이유가 있으세요? 아, 네~ 그건 좋네요. 하지만 전 더운 나라에 가서 살고 싶어요. 더운 나라에서는 금방 노화한다고 하잖아요. 삶의 순환주기가 빨라서. (사이) 인생이 빨리 흘러가는 거죠.

**기수**  한 번 체험만 해 볼 수는 없을까요?

**영희**  추천은 못하신다고요? 간 사람이 없나요? 중요한 일이 있는데요, 만약에 제 뜻대로 안되면 그때를 대비해 보려고요.

**기수**  일단 약 먹어 보겠습니다. 감사합니다.

**영희**  감사합니다. 지금 확신이 들었는데 그 일이 해결이 돼도 가고 싶어요. 떠날래요.

두 사람 일어나 무대 앞쪽으로 걸어오다가 멈춰 서더니 상담자에게로 몸을 돌린다.

**기수**  저, 그런데요, 삶에서 한 번이라도 말이죠….

**영희**  저 같은 사람이 또 있었나요?

암전.

## 2-4. 기적 (영희의 집 / 버스정류장)

집에 있는 영희. 바닥을 열심히 손걸레질 하고 있다. 핸드폰으로
전화가 오자 반갑게 받아든다.

**영희**  진주어머니, 안녕하세요! 잘 지내시죠? 웬일로 전화를 다.
(사이) 네. 네. (꽤 긴 내용을 전해 들으며 서서히 표정이 바뀌어가
는 영희) 정말요? 오, 주여! 오, 감사합니다. 상태는요? (사이)
다행이네요. 정말 다행이에요. 정말 잘 됐네요. 연락 감사
해요. (사이) 네. 포기하지 않을게요. 진주어머니 목소리 들
으니까 힘이 나네요. (사이) 포기하지 않을게요. 네. 들어가
세요. 정말 다행이에요. 나중에 또 연락주세요!

영희, 걸레질을 다시 시작하다 멈춰 선다. 몸이 축 쳐진다.

**영희**  (힘없는 목소리로) 다행이에요. 아이가 무사하다니. 범인들이
자수를 하다니 기적이에요, 기적. 주님! 혜영아! 혜영아!
우리 혜영이~

힘을 내 걸레질을 하다가 이마를 바닥에 대고 흐느낀다.

사이.

영희는 일어나 의자로 힘없이 걸어가 앉는다.

(한켠 구석에 조명 들어오면) 기수는 이미 의자에 앉아 있다.

(무대는 버스 정류장으로 바뀐다)


나란히 버스정류장에 앉아 있는 두 사람

버스가 섰다가 출발하는 소리가 난다.

기수가 옆에 있는 영희를 의식한다.

그녀의 초점 없는 모습이 신경이 쓰여 조심스레 말을 건넨다.


**기수**   아주머니, 버스 안 타세요?

**영희**   안타요.


사이.


**영희**   거기는 버스 안 타요?

**기수**   기다리는 버스가 안 와서요.

**영희**   아까 다 지나갔는데….

**기수**   막차가 아직 안 왔어요.

**영희**   아~ 막차!

**기수**   막차 타는 거 좋아해요.

**영희**   난 버스 안 타. 여기서 버스 타본 적 없어요. 우리 딸이 여
기서 학원버스를 타거든.

**기수**   아이 기다리세요?

영희      (고개 끄덕이며) 기다리고 있어요.


          사이.


영희      오겠죠?
기수      무슨 말씀이신지… 오겠, 죠.


          영희가 갑자기 일어난다.


영희      (손가락으로 한 쪽을 가리키며) 우리 혜영이가 여기서 저쪽으로
          갔어요. 그리곤 돌아오지 않네요. 저기, 저 cctv 보이죠?
          저리로 간 게 마지막 영상이래요. 여기 매일 와요. 매일 와
          서 그 아이가 어디로 갔을까 생각해 봐요. 따라도 가보고.
          여기서부터….
기수      경찰서에는….
영희      해봤어요. 다 해봤어.


          영희는 가방에서 전단지를 꺼내 기수에게 내민다.


영희      혹시 이 아이 봤어요?


          기수 전단지를 본다. 천천히 고개를 가로젓는다.

| 기수 | 예쁘네요. |
|---|---|
| 영희 | 이쁘죠. |
| 기수 | 얼마나 되신 거예요? |
| 영희 | 63일. (사이) 7월 14일이었어요. |
| 기수 | 63일. 아주머니 어디 사세요? |
| 영희 | 구산동. 가만 보니 그쪽이 낯이 익긴 한데 그쪽은 어디 살아요? |
| 기수 | 영도동 살아요. |
| 영희 | 아~ 영도동. 낯이 익네 |
| 기수 | 저도 낯이 익네요. 혹시 영도공원 아세요? |
| 영희 | 아니. 처음 들어보는데. 왜요? 혹시 뭐…. |
| 기수 | 아니요. 그게 아니고 제가 좋아하는 공원이에요. |
| 영희 | 좋은 공원이 많지. 여기도 자주 오니까 정류장이 아니라 공원 같아. 다른 버스 정류장하고는 다르게 느껴져. 영도공원이라고요, 나도 나중에 한 번 가봐야겠다. |
| 기수 | 가지 마세요. |
| 영희 | 왜? |
| 기수 | 안 이뻐요. 그냥 그래요. 근처에 호수가 있어서 안개가 많이 끼는 공원이에요. 전 안개 보러가요. |
| 영희 | 이상한 사람이네. 안개를 다 좋아하고. 삶이 안개야. 뭣 하러 안개를 보러 가? 그런 곳은 축축해서 몸에도 안 좋아. 아이고, 내가 별 얘기를 다 하네. 가라 마라. 별 얘기. |
| 기수 | 아니에요. 제가 별 얘기 했습니다. 막차 오네요. 가겠습니다. |

기수, 자리에서 일어나 버스 방향으로 걸어간다.

**영희**   잠깐만! (가방에서 빵을 꺼내 기수에게 전해주며) 빵 먹어요.

**기수**   아니, 네.

**영희**   카스테라야. 우리 딸이 좋아했어.

여자는 재빨리 기수에게 빵을 쥐어주고는 벤치로 돌아온다.

기수, 가다가 여자를 뒤돌아본다.

여자는 초점 없는 눈으로 다른 곳을 보고 있다.

암전.

# 3. 목격자

### 3-1. 목격자 (경찰지구대)

분주한 경찰서 풍경. 여자A, B, 남자A, B가 분주하게 업무를 보고
있다.
기수가 지구대에 들어선다. 잠시 의자에 앉아 있다가 책상으로
다가간다.
기수, 책상에 노크를 하는데 아무도 주목하지 않는다.
차분한 목소리로 말을 한다.

**기수**    제가 두 달 전쯤에, 그러니까 정확하게 7월 14일 밤….

아무도 주목하지 않는다. 기수, 주변을 천천히 둘러본 후 혼잣말
을 한다.

**기수**    제가 본 게 있습니다.

통화하는 여자 순경이 기수에게 시선을 돌린다.

**여자A**    (기수를 보고) 네, 뭘 도와 드릴까요? 잠시만요, (다른 동료에게
시선을 돌려) 조경사, 어제 말한 거 있잖아.

| | |
|---|---|
| **남자B** | 뭐요? |
| **여자A** | 어제 내가 말한 거 있잖아~ |

기수가 가지고 온 확성기를 꺼내 경보음을 켠다. 경보음이 요란하게 울린다. 다들 놀라 기수를 쳐다본다.

| | |
|---|---|
| **여자A** | 지금 뭐하시는 거세요? |
| **기수** | (확성기 경보음을 끄더니 확성기에 대고 말을 한다) 내 말 좀 들어보라고요! 내 말 좀! |

다들 황당해서 얼어 있다. 확성기에 대고 말을 이어가는 기수.

| | |
|---|---|
| **기수** | 제가 뭘 본 거 같습니다. 7월 14일에 영도공원에서요. |

기수 원하는 내용이 전달되자 여자A에게 확성기를 건넨다.
조명 꺼졌다 다시 밝아진다.
기수 의자에 앉아 있다. 여자 순경이 물잔을 건넨다.

| | |
|---|---|
| **여자A** | (물잔 건네며) 자, 물 좀 드시고요. 릴랙스 하세요. 릴랙스~ (혼잣말로) 릴랙스는 내가 필요하겠네. 휴우~ |

기수가 물을 마시지 않자 여자A가 마음을 진정하려고 자신이 물을 마신다.

**여자A**     뭘 보셨단 말씀이죠?

**기수**     7월 14일 저녁 10시 경에 영도공원에서 여자 아이를 목격했습니다.

**여자A**     영도공원?

**남자B**     거기 알아요. 예전에 유원지 있던데?

**기수**     맞습니다. 예전에 유원지였죠. 거기서 아이를 봤습니다.

**남자B**     계속 해보세요.

**기수**     짙은 안개 속에서 여자아이 우는 소리가 들렸어요. 처음엔 고양이 소리인 줄 알았는데 듣다보니 여자 아이가 우는 소리였습니다. 아이가 두려움에 떨며 어딘가로 도망치고 있었어요.

**남자B**     폭력을 당했나요?

**기수**     모르겠습니다. 옷이 진흙투성이이고 몹시 지쳐서 숨을 가쁘게 쉬고 있었어요.

**남자B**     아이 얼굴을 봤어요?

**기수**     아니요. 못 봤습니다.

**남자B**     그 뒤에 범인들이 있었나요?

**기수**     모르겠어요. 다른 사람은 못 보고 아이의 뒷모습만 봤어요. 아이는 불안한 상태로 울면서 안개 속으로 사라졌습니다.

**남자B**     따라가진 않았어요?

**기수**     네. 무서워서 도망쳤습니다.

**여자A**     다른 사람은 못 봤구요?

**기수**   네. 아이만 봤어요.

**남자B**   안개 속에서 위태로운 여자 아이를 봤다. 그게 다인가요?


기수, 고개를 끄덕인다.


**여자A**   그 정도 제보만으로는 수사를 진행할 수는 없습니다. 근 거가 너무 부속해요. 7월 14일은 확실하죠?

**기수**   날짜는 정확합니다. 무슨 일인지는 모르지만 한 번만 확 인을 해보시죠.

**남자B**   10시라고요? 그 시간에 거긴 왜 갔어요?

**기수**   운동하려요.

**남자B**   그래요? 그런데, 왜 이제 와서, 그러니까 두 달도 넘은 일 인데, 굳이 이렇게 늦게 와서 진술을 하시는 거죠?

**기수**   제가 늦게 왔다고요?


기수는 두 경찰을 깊이 응시한다.


**남자B**   네. 늦게 오셨는데요. 하루 사이에 사람이 죽을 수도, 살 수도 있는 실종이나 유괴사건이 태반이에요. 두 달 후면 늦게 오신 거 맞습니다. 1년에 말이죠, 해결 못하는 영구 미실종건이 1000건이 넘어요. 하루에 3명에서 4명 정도 가 사라지고 영영 못 찾는 거죠. 제보해 주신 건 당연히 감 사를 드리는데 늦으면 늦은 만큼 사건에 도움이 안 될 수

도 있다, 뭐 그런 겁니다. 왜에~

**여자B** 어렵게 오신 분한테, 무슨 소리예요. 가만 있어 봐요!

**남자B** 말이 그렇다는 거지. 뭐….

**여자A** 어, 기억나요. 몇 번 오셨죠? 기억이 나네요. 옷도 늘 비슷하시고.

**기수** 네 번! 네 번 왔습니다.

기수가 두 사람을 원망하듯 쳐다본다. 두 경찰은 어색하게 헛기침을 한다.

**여자A** (남자B에게) 기억 안 나세요?

남자B가 머리를 긁적거린다.

**남자B** 기억이 나는 거 같기도 하고….

**기수** 네 번 왔습니다. (손가락으로 자리를 가리키며) 저기 저 자리에 앉아 있었어요. 제보를 하려고 왔다가 갔습니다.

**여자A** 그러셨군요. 처음 방문은 언제 오신 거예요?

**기수** 7월 21일.

**여자A** 사건 이후 딱 일주일 후네요.

**기수** 내내 생각하다가 결심하고 왔었습니다.

**남자B** 더 얘기 좀 해 보세요. 그래서요? 안개 속에서 여자 아이 울음소리를 들었는데….

| | |
|---|---|
| **기수** | 아이를 보자 덜컥 겁이 났어요. 헛것을 본 거 같기도 하고 아이의 신음소리가 너무 아련해서 도망치듯 비탈을 내려 왔습니다. 근데 그때 공터에 하얀색 카니발이 세워져 있었어요. 주변에 차가 없어서 유난히 눈에 띄었습니다. |
| **남자B** | 카니발이 수상했다? |
| **기수** | 네. 수상했습니다. 거기는 통상 차를 세우는 곳이 아니었거든요. 경사가 진 언덕 쪽이라…. |
| **여자A** | 수상했다면, 번호판도 보셨어요? |
| **기수** | 놀라 뛰어갔습니다. 그냥 지나쳤어요. 멈추고 싶지 않았거든요. 그게 다입니다. |
| **여자A** | 그래도 다행이네요. 단서가 될 만한 걸 보신 거 같긴 하네요. 공원 주변 CCTV들만 제대로 작동하면 뭔가 찾을 수도 있겠어요. |
| **남자B** | 더 기억나는 거 없나요? |
| **기수** | 없습니다. 그 뒤로는 전력으로 집까지 뛰어왔어요. 더 이상 수상한 건 못 봤습니다. (사이) 없어요. 저, 이제 가도 될까요? |
| **여자A** | 죄송하지만 이렇게 진술해 주셨으니까, 혹 필요하면 다시 연락드려도 될까요? |
| **기수** | 저는 더 드릴 말씀이 없을 거 같습니다. (자리에서 일어나며) 제가 본 게 도움이 된다면 좋겠습니다. |
| **남자B** | 저기요! |

기수, 가다가 멈춰 선다.

**남자B**    여기 확성기 가져가세요!

기수, 확성기 돌려받는다.


### 3-2. 소식 (거리의 벤치)

벤치(의자)에 앉아 있는 영희. 소중하게 품에 안고 있던 전단지를
모두 공중에 날린다. 떨어진 전단지들을 바라보다가 젤리봉지를
뜯어 젤리를 하나씩 먹기 시작한다.
핸드폰으로 전화가 오자 강에 돌멩이를 던지듯 폰을 던져버린다.

**여자A의 목소리(v.o.)**    어머니, 혜영이 찾았습니다. 찾았는데요… (사이)
다시 어머니 품으로 돌아가지는 못할 거 같습니다. 목격
자가 나타났어요. 목격자의 제보로 영도공원 숲 속에서
오늘 오전 10시에 시신으로 발견됐습니다. 지금 살인범으
로 의심되는 자의 차량을 추적하고 있습니다. 곧 범인들
도 검거될 거 같습니다. 어머니, 우선 병원 주소 문자로 드
리겠습니다. 그리고 필요하다면 부검에 대한 이야기도 나
누고 싶습니다. 어머니, 죄송합니다. 이따 뵙겠습니다.

여자는 젤리를 천천히 다 먹는다. 다 먹고 나서 떨어진 전단지 위에 누워 눈을 감는다. 감은 눈에서 눈물이 흘러내린다.

음악 흐른다.

암전.


### 3-3. 우주로 간 소포 (문농장)

축구공 위에 앉아 이어폰으로 음악을 듣고 있는 기수.
전화가 걸려온다.

**기수**  아저씨! (사이) 혹시 찾으셨나요? (사이) 네네. 그렇군요. 우편물 도난이요? 그렇게 훔쳐간다고요? (사이) 오배달 다시 회수하러 가니 집주인은 모른다 하고 택배는 사라졌고요. (사이) 아닙니다. 고객센터 얘기해 봐야 안 될 거 같아요. 우편물은 저 우주로 가버렸네요. 어쨌든 감사합니다. 담당자도 아니신데 고생하셨어요. (사이) 별로 필요한 것도 아니었어요. (사이) 뭐였냐면… 망원경이요. 보고 싶은 별이 있어서요. 아닙니다. 됐습니다. 감사합니다. 감사해요. (전화 끊는다) (혼잣말한다) 뭐가 감사해! 뭐가! 뭐가!

기수는 듣던 음악을 다시 들으며 조용히 랩을 한다

기수      이 세상의 반 / 그니깐 내가 갖지 못할 것은 없어 / 그게 뭐든 시간이 문제일 뿐 / 시간이 문제일 뿐 / 씨발!

다시 전화가 걸려온다.

남자B(v.o.)  여보세요, 김기수 씨죠?

기수      네.

남자B(v.o.)  저는 구산지구대에 금종호 경관입니다. 삼일 전에 진술하신 사건. 덕분에 큰 도움이 됐습니다.

기수      도움이 됐다는 게….

남자B(v.o.)  실종됐던 여자아이가 숲 속에서 발견됐습니다. 비록 시체이긴 했지만 찾게 됐고, 카니발 소유자도 잡았습니다. 범인으로 의심되는 사람이네요.

기수      죽었군요. 근데 도움이 된 건가요?

남자B(v.o.)  그럼요. 아이를 발견한 거잖아요.

기수      그렇군요.

남자B(v.o.)  전화를 드린 건 그 아이의 어머니께서 김기수 씨를 뵙고 싶다고 하시는데요. 혹시, 괜찮으실까요?

기수      아뇨. 거절하겠습니다.

남자B(v.o.)  그러실 줄 알았습니다. 그래도 혹시나 하고… 어머니가 하도 간청을 하셔서 연락드렸습니다. 이해합니다. 제보 정말 감사드리고요. 근데 진짜 힘드실까요?

기수, 전화 끊는다. 다시 전화가 걸려오지만 받지 않는다. 기수,
이어폰을 끼고 볼륨을 높인다. 깔고 앉았던 공을 집어 든다. 떨어
뜨리지 않고 차는 공놀이를 한다. 공차기를 한동안 하다가 공을
차서 저 멀리 보내버린다. 터덜터덜 걸어가 의자에 앉는다.
잠시 후, 영희가 힘없이 걸어와 옆 의자에 앉는다.
(영희가 앉는 순간 장소는 버스정류장이 된다).

두 사람 멍하니 앉아 있다.
버스가 멈추는 소리, 버스가 떠나는 소리, 사람들의 발걸음 소리,
아이들의 웃음소리 등이 교차된다.
두 사람은 멍하니 앉아 있다.
무대 점점 어두워진다.


### 3-4. 용의자 심문 (구산지구대)

경찰(여자B)과 범인으로 의심받는 남자(남자A)가 마주보고 앉아
있다.

**여자B**  그때 거기 왜 있었어요? 늦은 시각이고 꽤나 외진 곳인
데….

**남자A**  뭐가 늦어요? 뭐가 외지고? 나같이 밤에 일하는 사람들한
테 10시가 뭐가 늦어! 그리고 거기 공원이라고! 공원에

차 대놓고 조용히 핸드폰 게임한 게, 그게 죄야?

**여자B**  전에도 자주 가셨나요?

**남자A**  네에. 시간 때우러. 언니들 태우는 게 정해진 게 아니거든. 아니 대한민국 경찰이 뭐 이렇게 허술해. 아니 거기서 아가 죽었고, 그때 주변에 있던 차가 내 차래서 잡아왔다. 이게 무슨 개 같은 경우야! 대한민국 경찰들 대단들하다. 대단해, 씨발!

**여자B**  범인이라고 한 적 없습니다. 그쪽은 범인이 아니라 유력한 용의자 신분으로 지금 조사를 받고 있습니다. 예의를 지키세요!

**남자A**  댁 같으면 예의가 지켜져? 이 밤에 불려 와서 기분 더럽게 살인용의자 취급받는데!

**여자B**  게임 한 거치고는 너무 오래 있었던 거 같은데요. 1시간 30분이나 그곳에서 체류하셨거든요. 그리고 다음으로 이동한 장소도 의심스럽습니다. 평소 일하던 구역이 아닌 24시간 셀프 세차장으로 가셨네요. 왜 갑자기 차를 닦은 거죠? 내부 청소까지 그 밤에 할 필요는 없는 거 같은데?!

**남자A**  차가 더러워서! 똥내 나서! 냄새가 존나 심해서 차 갖다 버리고 싶은 거 청소 좀 했다. 그게 뭐?! 청소한 게 죄야?!

**여자B**  아~ 진짜!! 이봐요! 진짜 범인 취급 받고 싶지 않으면 협조하는 게 좋을 거야. 그리고 대답할 때 반말 좀 하지 마!

**남자A**  헐~ 대한민국 경찰이 이제 막 협박을 다 하시네. 세상 많이 좋아졌다. 여경이 막 선량한 시민에게 협박을 하시옵

고. 지금 놀라서 고추가 막 얼어붙었다, 와아~

**여자B**  다른 사람은 몰라도 너는 선량한 시민인 척 코스프레는 아니지. 야, 박종서! 너 전과기록 지금 보고 있거든. 사기죄에 강간미수! 진범 나올 때까진 바깥 공기 쐴 생각 말고 겸손하게 여기서 고추 잡고 있어! 그리고 이거 (성인잡지와 소설책을 책상에 던져 놓는다) 니 차량에서 나온 거야. 선량한 시민? 그런 시민이 십대 여자애늘 강간하는 소실 읽냐? 어이가 없어서. 알리바이 못 대면 너 이런 태도 너한테 전혀 도움 안 돼. 대가리 좀 돌리라고, 병신아!

**남자A**  무섭다 무서워! 여경님, 담배 한 대 태워도 됩니까?

**여자B**  안 돼!

**남자A**  씨바, 여기 인권도 없네. 내가 맹세하는데 나 범인 아니거든. 그러니 똑똑히 기억해 둬! 나 범인 아닌 거 밝혀지면 여기 싹 다 불 질러 버린다. 글고 니년 주둥아리도 확 그냥!!!

남자A, 어느새 와 있던 영희와 눈이 마주친다.
영희는 상복을 입고 있다.

**남자A**  뭘 봐! 나 아니라고 씨발!

남자A, 일어나 의자를 걷어찬다. 그리곤 주머니에서 담배를 꺼내 피운다.

**여자B**  미쳤어?!!

영희는 어지러움을 느끼며 쓰러지려 하자 여자B가 달려가 영희
를 붙잡는다.
영희, 몸을 부르르 떨며 간신히 서 있다. 당장이라도 쓰러질 듯
위태롭다.
암전.



### 3-5. 갇힌 두 사람 (고층 아파트 엘리베이터)

헬멧을 쓰고 배달음식을 들고 있는 기수.
엘리베이터에 탄다. 마임으로 승강기 안에 15층 버튼을 누른다.
잠시 후, 문이 닫히기 직전에 영희가 뛰어와 문을 막아선다.
영희, 숨을 고르며 22층 버튼을 누른다.
두 사람 서로 간격을 두고 서 있다. 시선도 서로 다른 곳을 보고
있다. 갑자기 덜컹 거리더니 승강기가 멈춘다.


**영희**  엄마, 안 움직이네. 지금 이거 멈춘 거죠?
**기수**  아이씨~

기수가 승강기문을 세게 두드리고 승강기 층수를 올려보더니 씩
씩거리며 비상 호출 버튼을 누른다. 신호음이 간다. 세 번 정도의

신호가 가자 경비가 응답한다.

**남자B**   엘리베이터에 문제 있어요?

**기수**   멈췄어요.

**남자B**   아이~ 또 저러네. 일단 기다려보세요!

**기수**   얼마나요?

**남자B**   관리자 연락해봐야 압니다.

**영희**   아저씨가 관리자 아니세요?

**남자B**   엘리베이터 관리는 따로 업체가 있어요. 기다려보세요!

**기수**   아저씨, 일이 급해서요. 빨리 처리해주세요. 20분 이상 안 걸리죠?

**남자B**   20분은 아니고 보니까 기본이 30분 정도는 걸리더라고.

**기수**   안 돼요, 아저씨! 거기서 어떻게 못해요? 아파트도 새 거 구만.

**남자B**   전자식이 더 복잡하고 시스템 에러도 심해서… 기다려 봐요.

**기수**   기다리란 말, 제발 좀 하지 마세요! 그 말이 제일 짜증나 니까.

**남자B**   알았어요. 너무 불안해하지 말고 차분히 있어 봐요. 내가 빨리 알아볼 테니까.

**영희**   부탁드려요!

기수, 한숨 깊게 쉬더니 헬멧 벗는다. 헬멧을 벗자 두 사람 서로를 알아본다.


**영희**    어머나, 배달해요?

**기수**    아, 네.

**영희**    오토바이?

**기수**    네.

**영희**    위험한대. 오토바이 위험해. 그럼 요즘 버스는 안 타요?

**기수**    버스 탑니다.

**영희**    막차?


기수는 고개를 젓는다.

기수, 바닥에 주저앉는다.

영희가 가방에서 손수건 꺼내 준다.


**영희**    (손수건 주며) 이거 깔고 앉아요. 지저분해.

**기수**    괜찮습니다. 옷이 지저분해요. 이 아파트 사세요?

**영희**    아니, 여기서 가정부 일해. 근데 이게 뭐야! 늦었는데….

**기수**    엘리베이터에 갇혀 본 적 있으세요?

**영희**    아니. 처음인데.

**기수**    저는 두 번째에요. 설마 또 갇힐 줄은 몰랐는데….

**영희**    아이고 두 번이나~ 운도 참 없네.

**기수**    그러게요. 제가 운이 없네요.

사이.

**기수**   첨에 갇혔을 때 엄청 무섭고 이러다 죽나 했는데….

**영희**   그래? 나는 무섭지는 않은데~

**기수**   지금은 저도 안 무섭네요. 그때 전 혼자 갇혔거든요. 그것
도 새벽 3시에.

**영희**   서런!


어두워졌다 밝아지는 조명.

시간 경과.

기수, 호출 버튼 누른다.


**기수**   이봐요! 거기요, 아저씨!


아무 대답이 없다.


**영희**   원래 이래요?

**기수**   아니요. 원래 경비들은 자리 지키고 있어야 하는데… (크게
소리 지른다) 아저씨!

**영희**   오겠지. 여기 있으니까 지치네.

**기수**   지치네요. 배도 고프고.

**영희**   (손목시계 보며) 벌써 점심시간이네.

영희, 가방에서 김밥 꺼낸다.

**영희**　나 먹을려고 싼 건데 같이 먹어요!

기수, 거절 못하고 마지못해 먹는다.

**기수**　맨날 뭘 주시네요.
**영희**　그래?

기수도 배달하려던 봉투에서 샐러드 세트를 꺼낸다.

**기수**　이것도 먹죠. 어차피 배달 좋 났네요.
**영희**　짤리면 어쩌려고!
**기수**　짜르래요. 밥은 먹어야 하니까~
**영희**　(샐러드 보며) 비싸겠네.
**기수**　비싸요. 맛은 모르지만.

조명 어두워졌다 다시 밝아진다.
시간경과.
두 사람 모두 많이 지친 표정이다.

**기수**　아이 찾으셨어요?
**영희**　아니. (사이) 아니 찾았어. 죽었어.

사이.

사이.

**영희**   얼굴을 봤는데 아닌 거 같았어. 제대로 안아주지 못해서
그럴까. 얼음처럼 차가웠어. 말도 한 마디 안하고 가만히,
눈도 안 뜨고 누워 있으니까 몰라보겠더라. 내 애 같지가
않고 전혀 실감이 나질 않았어. 두 손 가득 만져보았는데,
전혀… 차가운 피부가 우리 애가 아니었어. 우리 혜영이
는 늘 따뜻했는데….

**기수**   산소가 적어진 거 같아요.

**영희**   그러게 답답하네.

**기수**   올 때가 됐는데 안 오네요.

**영희**   그래 올 때가 됐는데.

기수가 호출 버튼을 누른다. 아무 기별이 없다.
영희도 기수처럼 호출버튼을 길게 눌러보더니 원망하듯 문을 세
게 두드린다.

**영희**   거기 계시면 대답 좀 해보세요! 뭐라고 안 할 테니. 저기
요! 대답 좀 해봐요. 잘 못 된 거 같아. 한참 잘못 된 거 같
아. 하나님! 들리면 말 좀 해봐요. 우리 아이 이제 괜찮을
까요? 편안할까요? 내가 잘못해서 그런 거죠? 남들은 찾
은 게 그나마 다행이라고 하는데… 난 다시 기다리고 싶

어요. 그러면 안 될까요? 다시 기다리고 싶어요. 하나님,
이렇게 혜영이를 보게 될 줄은 몰랐어요. 난 영희도 아니
고 혜영이 엄마인데, 하나님!

기수가 영희의 어깨에 손을 얹으려다 하지 못한다.
대신 영희가 기수의 손을 잡고 하소연 한다.

**영희**  죽인 놈이 있는데 내가 그놈 꼭 잡아넣어야겠죠? 그래야
우리 딸이 저 위에서 웃을 수 있겠죠? 안 그래요? 그게 맞
죠? 그게 이치죠? 그게 어미가 할 일 인거죠? 그쪽은 왜
여기 있는 거예요?

**기수**  전 길을 잃은 거 같아요.

기수도 호출 버튼을 바라보다가 버튼을 길게 누른다.

**기수**  아저씨, 어디 계세요? 씨발, 아저씨! 어디로 가면 행복하
죠? 스웨덴이나 핀란드로 가면 좋겠는데. 추운 나라에서
부자 백인들처럼 살면 좋겠는데. 진짜 엿 같아! (사이) 누군
가는 이민도 다 똑같다고, 사람 사는 거 다 똑같다고. 여기
서 실패했으면 거기서도 똑같다고! 그럼 우리는 왜 사는
거죠? 아저씨, 대답 좀 해보세요! 우리가 뭘 기다리는 거
죠? 이 문은 언제 열리나요? 이 빌어먹을 인생은 올라가
는 건가요? 내려가는 건가요?

**영희**    please! open the door! please, open the door!

**기수**    please!

**영희**    oh God, please!

**기수**    help me! hell, hell, hell!

**영희**    hell, hell, mother fucker! mother fucker!

**기수**    God damn!


두 사람 이상한 소리로 웃기 시작한다.

사이.

서서히 웃음이 잦아들더니,


**기수**    누군가에게 전화하고 싶지 않으세요?

**영희**    옆에 말할 사람 있는데 뭘….

**기수**    저 처음에 갇혔을 땐 넘 무서워서 누군가에게 전화를 하고 싶은 거예요. 그런데 막상 전화할 데가 없더라고요. 밤이기도 하니까. 그래서 114에 전화해서 여기가 어디 어디인데 가까운 24시간 버거킹점이 어디 있냐고 물어봤어요. 번호 받고 그 지점에 전화를 했죠. 그리곤 요즘 제일 잘 나가는 버거세트가 뭐냐? 왜 그 세트가 인기가 있냐? 전화 받는 너는 뭘 젤로 좋아하냐 물어봤어요. 그런데 미친년이 그냥 전화를 끊으면 되지 막 쌍욕을 하는데 정말 오지게 잘 하더라고요. 그런데 신기하게요, 그렇게 시원하게 욕을 먹으니까 한결 편해지더라고요. 하나도 안 외롭고 안 무섭고 (헛웃음을 치며) 다들 존나 고생하며 사는구나, 그런 말도 안 되는 생각도 들면서 편해지더라고요. 그리고는 바로 짠, 하고 문이 열렸죠.

**영희**  웃기네. 그쪽은 좀 이상하고 웃겨.

영희가 기수의 말을 조용히 음미하더니 가방에서 메모지를 꺼낸다. 영희, 심호흡을 하고 메모지에 적힌 번호를 바라본다.

**기수**  어디 하시고 싶은데 생기셨어요?

**영희**  응. 전화하고 싶은 데가 생각났어. 망설였는데 해보려고. 그래, 그쪽 말마따나 하고 싶은 데가 있어.

영희 천천히 번호를 누른다.
잠시 후, 기수의 핸드폰이 울린다.

**영희**  그쪽도 전화가 오네. 받아봐.

기수, 모르는 번호를 내려다본다.
영희, 자기 핸드폰과 기수 핸드폰을 번갈아 보면서 표정이 굳는다.
기수, 긴장한 채 통화 버튼을 누른다.

**기수**  (조심스럽게) 여보세요!

**영희**  (떨리는 목소리) 여보세요! (사이) 그쪽이 구산지구대에 제보

하신 분인가요?

두 사람 서로를 멍하니 바라본다.
음악 흐른다.
암전.

# 4. 법정

## 4-1. 법정에 선 남자 (법정)

– 법정배역

증인_김기수 / 재판장_남자B

피의자_남자A / 피의자 변호사_여자B

원고인_나영희 / 원고인 변호사_여자A

기수, 증인석에서 일어난다. 선서를 위해 손을 든다.

**기수**    나, 김기수는 본 재판에 증인으로 출석, 법과 양심에 따라 숨기거나 보태지 아니하고 있는 그대로의 사실을 말할 것을 맹세하며, 만일 거짓을 진술 시 그에 대한 위증의 벌을 받기로 맹세합니다.

기수, 자리에 앉는다.

**남자B**    오늘은 원고측 증인신청으로 인해 진행되는 재판임을 명시합니다. 원고 측 심문하세요.

여자A는 일어나 증인에게 다가간다.

| 여자A | 어렵게 용기를 낸 증인에게 재판부를 대표해 다시 한 번 감사를 드립니다. 긴장되시나요? |
|---|---|
| 기수 | 조금이요. |
| 여자A | 아무래도 그러시겠지요. 하지만 너무 어려워 마시고 차분하게 있는 그대로 말씀해 주시면 됩니다. |
| 기수 | 네. |
| 여자A | 증인은 2019년 7월 14일 22시 경에 영도공원에 있었지요? |
| 기수 | 있었습니다. |
| 여자A | 얼마나 머물렀죠? |
| 기수 | 9시 30분 정도에 도착해서 30분 정도 머물렀습니다. |
| 여자A | 거기에 왜 가셨나요? |
| 기수 | 운동을 하러요. |
| 여자A | 영도공원에 자주 가시나요? |
| 기수 | 네. 자주 가는 편입니다. |
| 여자A | 얼마나 자주 가시죠? |
| 기수 | 일주일에 두 번 정도 갑니다. |
| 여자A | 그렇군요. |
| 여자B | 그 두 번을 구체적으로 말씀해 주시겠습니까? |
| 여자A | 제가 질문하고 있습니다. |
| 여자B | 두 번은 언제인가요? 규칙적인가요? 불규칙적인가요? |
| 여자A | 피고 예의를 지키세요. 피고는 지금 저의 심문권을 침범하고 있습니다. |

남자B    인정합니다. 피고 재판 흐름 끊지 마세요!

여자A    증인, 이런 식의 질문은 대답하지 않으셔도 됩니다.


기수, 긴장한 채 천천히 고개를 끄덕인다.


기수    항상은 아니지만 수요일과 금요일에 가곤 했습니다.

여자A    (기수의 말을 빠르게 받아치며) 일주일에 두 번, 수요일과 금요일이면 자주가 맞겠네요. 피고측이 구체적인 것을 원하시는 것 같으니 가면 뭘 하시나요?

기수    스트레칭이나 팔굽혀 펴기, 쉐도우 복싱 등을 합니다.

여자A    혹 다른 것도 하시나요?

기수    음악을 들으며 멍하니 있기도 하고 가끔은 영어공부를 합니다. 그날은 처음에는 운동을 하러 갔지만 영어공부를 했습니다.

여자A    네, 좋습니다. 일주일에 두 번씩 꾸준히 가던 날들 중 7월 14일은 전과는 다른 날이었네요.

기수    네.

여자A    그날 뭔가를 보게 됐군요.

기수    네. 봤어요. 공부를 끝내고 가려고 하는데 덤불숲에서…

여자B    증인, 이상한 점이 있습니다. 7월 14일은 목요일인데요. 수요일도 금요일도 아니네요. 7월 14일은 목요일이었어요.

여자A    지금 뭐하시는 겁니까! 증인이 중요한 증언을 하고 있습니다.

**남자B**    피고측 경고합니다.

**여자B**    죄송합니다, 재판장님! 하지만 첫 증언부터 사건과 부합되지 않는 어긋난 사실임을 지적하지 않을 수 없네요.

**여자A**    증인이 수요일과 금요일에 자주 가던 곳을 목요일에 갔다는 사실이 오늘의 증언에 영향을 끼칠 만한 사안이 될까 묻고 싶네요.

**여자B**    증언은 논리적으로 부합해야 합니다. 재판 결정에 영향을 끼칠 내용이 말해지는 시간 아닌가요. 누군가의 사생활을 듣는 시간이 아닌 걸로 알고 있습니다.

**기수**    그때는 몸도 안 좋고 감정도 좋지 않을 때라 4일을 연속으로 쉬었습니다. 그래서 목요일에 시간이 났습니다.

**여자B**    몸 상태가 안 좋은 편인가요?

**기수**    그때는 좀 그랬습니다. 지금은 괜찮습니다.

**여자A**    재판에 방해가 되는 지적이라 판단됩니다, 재판장님.

**남자B**    인정합니다. 피고측 이런 식으로 재판을 방해하면 심문 기회를 박탈할 수 있습니다.

**여자B**    (가볍게 고개 숙이며) 알겠습니다.


사이.


**여자A**    증인 계속해 주세요.

**기수**    안개 속에서 이상한 소리가 들렸습니다. 처음에는 고양이

소리인줄 알고 다가갔는데 고양이가 아니라 아이 소리였습니다. 안개 속에서 여자 아이가 흐느끼고 있었습니다.

**여자A** 거리가 얼마나 가까웠죠?

**기수** 덤불 숲 아래로 아이가 보였는데 한 10미터 정도 됐던 거 같습니다.

**여자A** 아이는 어떤 상태였나요?

**기수** 아이는 울면서 어딘가로 도망치고 있었어요. 공포에 질린 채 다리를 절뚝이며 힘겹게 도망치고 있었습니다.

터져 나오려는 신음소리를 참으려고 영희는 손수건을 꼭 움켜쥔다. 기수, 영희를 의식한다.

**여자A** 어떤 옷을 입고 있었죠?

**기수** 청멜빵바지에 분홍색 머리띠, 하얀 운동화를 신고 있었습니다.

**여자A** 상의는요? 상의도 기억나시나요?

**기수** 흰색 티셔츠였던 거 같습니다. 흰색 티셔츠였습니다. 미키 마우스.

영희의 신음소리가 새어나온다. 기수, 그 소리에 말을 쉽게 이어가지 못한다.

**여자B** 증인, 도와줄 생각은 들지 않았나요?

기수    그건….

여자B   혹 도와줄 생각이 들지는 않았나요?


기수, 대답하지 못한다.


남자B   (여자A가 일어나려고 하자 손짓으로 막으며) 피고측! 증인을 몰아

세우려고 재판에 임하고 있나요? 본길에 어긋나는 질문은

삼가세요! 원고 진행하세요.

여자A   증인, 아이의 얼굴을 봤나요?

기수    네. (사이) 봤습니다.

여자A   (사진을 증인에게 보여주며) 이 아이가 맞나요?

기수    네. 맞습니다.

여자A   좋습니다. 그럼 다음 질문입니다. 범인도 보았습니까?

기수    (잠시 여운을 두고) 네, 보았습니다.

여자A   그 범인이 이 자리에 있습니까?

여자B   재판장님, 이의 있습니다.

남자B   기각합니다. 원고측 계속하세요!

기수    (잠시 눈을 감았다 다시 뜨며) 네.

여자A   죄송하지만 지명해주실 수 있습니까?


기수가 천천히 오른손을 들어 올려 남자A를 지목한다.

피의자인 남자A가 비웃는다.

| | |
|---|---|
| **여자B** | 재판장님, 발언권 요청 드립니다. |
| **남자B** | 원고 더 할 말 있나요? |
| **여자A** | 우선, 여기까지 하겠습니다. |
| **남자B** | 피고측 진행하세요! |
| **여자B** | 증인, 증인의 용기에는 박수를 보냅니다. 쉽지 않은 용기를 내신 점 인정하겠습니다. 하지만 안타깝게도 저는 증인을 신뢰할 수 없습니다. 이 질문부터 할까요? |
| **남자B** | 왜 뒤늦게 증언하신 거죠? 사건은 두 달이 넘었는데 갑자기 무슨 심리적 변화가 생긴 거죠? |
| **기수** | 모르겠습니다. (사이) 그냥 해야 될 거 같았습니다. 하지만 갑자기는 아닙니다. 이전에 경찰서를 네 번 방문했습니다. |
| **여자B** | 그런데 왜 제대로 신고하지 않았나요? |
| **여자A** | 재판장님! 이 질문은 이미 수차례 증인에게 얘기된 내용입니다. |
| **남자B** | 음… 서류로만 알고 있는 내용이라 증인의 음성을 통해 다시 듣는 것도 좋겠습니다. 계속하세요! |
| **여자B** | 감사합니다. 증인, 네 번이나 하지 못한 신고를 다시 하게 된 용기는 과연 무엇이죠? 무슨 일이 있었나요? |
| **기수** | 잠이 안 와서요. 잠을 잘 자고 싶어서요. |
| **여자B** | 잠을 잘 자고 싶다. 좋습니다. 양심의 가책이든 뭐든 증인을 방해하는 불편한 맘이 있었던 거겠죠. (진술서 세 개를 내보이며) 진술서가 세 개네요. 첫 진술서에는 여자 아이를 보았다. 수상한 하얀색 카니발 차량을 보았다. 두 번째 진 |

술서에는 첫 번째 진술서에는 없던 아이의 상세한 복장이 묘사되고, 세 번째 진술서에는 아이의 얼굴도 보았고, 심지어 범인의 얼굴까지 보았다는 진술이 기술되고 있네요. 누가 보면 경찰에게 설득이나 고문이라도 당해서 만든 진술서 같아요. 증인이 보기에는 진술서의 갭 차이가 너무 큰 거 아닌가요?

**여자A**  증인을 모욕하는 언사입니다.

**여자B**  기억이 갈수록 정확해 지기는 어려운 일 아닌가요? 반대라면 모를까.

**여자A**  피고는 지금 이미 모두가 공유하고 있는 내용으로 증인을 공격하고 있습니다.

**여자B**  친애하는 재판장님! 증인은 일관성을 갖지 못한 행보를 보였습니다. 이 점은 증인으로서는 비난받아야 할 대목입니다.

**여자A**  증인은 있는 사실을 말하려 본 법정에 섰을 뿐이지 질책이나 비난을 받을 필요는 없습니다. 증인은 피의자 신분이 아닙니다.

**기수**  그 이유는… 솔직히 두려웠습니다. 두려워서 생각을 안 하고 피했어요. 괜히 이런 사건에 연루되면 복잡하고 책임져야 하니까요. 그래서 진실의 일부만 고백하고 싶었습니다. 그러면 다른 전문가들이 알아서….

**여자B**  (말을 끊으며) 알겠습니다. 좋아요. 인정합니다. 충분히 그럴 수 있습니다. 그럴 수 있죠. 본질적인 질문을 해보죠! 저는 진술서에서 안개가 자꾸 걸리네요. 짙은 안개란 표현이 진술서 세 개 모두에 빠짐없이 적시돼 있어요. 짙은 안개 속에서 울면서 도망치는 아이가 보이고 잠시 후 남자가 나타났고, 아이는 안개 저편으로 사라지고 남자도 안개 저편으로 사라지죠. 확실히, (사이) 두 사람의 얼굴을 봤나요, 증인! 늦은 밤이고, 안개까지 끼었잖아요? 확실히 봤나요?

기수　봤습니다. 주위는 어두웠지만 범인이 핸드폰을 들여다봐서 그 빛으로 얼굴이 또렷이 보였습니다.

여자B　네, 그렇군요. 핸드폰 화면 빛으로 얼굴이 보였다. 여기 진술서에는 없는 내용이 방금 추가됐네요.

여자A　지금 증인을 비웃고 모욕하는 겁니까?!

여자B　안개가 뭘까? 안개가 과연 뭘까? 왜 자꾸 안개가 걸릴까 하는 의문 때문에 어제 저는 영도공원을 가봤습니다. 때마침 물안개가 끼었는데 사건 당시랑 어떤 차이가 있을진 모르지만 5미터 앞 시야 예측도 힘들었습니다. (기수에게 가까이 다가가며) 다시 처음으로 돌아갑니다. 왜 영도공원이죠? 왜 영.도.공.원.으로 가는 겁니까?

기수　아까도 말씀드렸듯이 산책을 가거나 운동하러 갔습니다.

여자B　왜 거기죠? 거기가 아니어도 되는데요. 산책과 운동이라면 증인이 사는 집 근처에 근린공원이 두 개나 더 있고, 공원이 아니더라도 산책로마다 운동기구가 있는 곳이 반경 3km에 다섯 곳이나 있는데요. 성인의 빠른 걸음으로도

35분에서 40분이 걸리는 그곳을 굳이 찾아가는 이유를 듣고 싶습니다.

**여자A**   질문의 저의가 의심스럽습니다.

재판장은 아무 말도 하지 않고 증인을 바라본다.

**여자B**   증인, 산책이나 운동할 곳은 널려 있는데, 왜 인적이 드물고 다소 음침할 수 있는 곳. 그 시각이면 사람이 거의 오지 않는 공원에 왜, 자주 가는 거죠? 그리고 그날은 벤치에 앉아 30분가량 영어 공부를 했다고요?

**기수**   네.

**여자B**   영어공부를 그렇게 어둡고 외진 곳에서 하는지 상식적으로 이해가 가지 않는데요. 그곳에 가야만 집중이 잘 되나요?

**기수**   그곳은 조용합니다. 여름밤이었구요.

**여자B**   현명하고 상식적인 사람이라면 어두운 공원보다는 독서실이 더 나을 거 같은데요. 증인, 안 그런가요?

**여자A**   재판장님! 지금 피고는 재판의 본질과는 어긋나는 질문으로 증인을 몰아세우고 있습니다.

재판장 말을 하지 않는다.

**여자A**   증인 일일이 답변하지 않으셔도 됩니다.

**기수**   어렸을 때 거기서 별똥별을 봤습니다. 그래서 그 장소를 좋아해요. 사실 공부가 잘 되는 건 아닙니다. 하지만 그건 독서실도 마찬가지였을 겁니다. 영도공원에 있는 그 벤치에 앉아 있으면 편합니다 (사이) (숨을 한 번 고르고) 요즘 어린 시절 생각이 자주 나고… 어릴 때처럼 별똥별이 보고 싶어 영도공원에 자주 갔습니다.

**여자B**  별똥별이라~ 증인은 무척이나 낭만적인 분이시군요.

**기수**  가다 보니 안개가 좋아졌습니다.

**여자B**  별똥별처럼 안개도 좋아하시고. 진짜 낭만적이시네요. 근데 낭만치고는 너무 어둡고 음침하지 않나요?

**기수**  전 사람이 없는 밤 공원이 좋습니다.

**여자A**  증인! 그만하세요!

**여자B**  여러분, 이 대목에서 조금 이상한 게 보이지 않으시나요?

**여자A**  재판장님, 피고는 지금 증인을 혼란에 빠뜨리고 있습니다. 잠시 휴정을 요청 드립니다.

**남자B**  기각합니다!

**여자B**  증인, 자살 카페 가입하신 적 있으시죠?

**여자A**  지금 원고는 불순한 의도로 증인을 대하고 있습니다.

**여자B**  무슨 의도요? 아닙니다, 전혀요. 나쁜 의도는 없습니다. 단지 전 증인을 이해하고 싶을 뿐입니다. 증인이 어떤 사람인지 알고 그런 이해를 바탕으로 증인의 말들을 제대로 판단해 보기 위해서입니다. 증인, 증인은 지금 약을 먹고 있죠?

**기수**  네.

**여자B**   무슨 약인지 말해주실 수 있을까요?

**기수**   수면제와 항우울제, 신경안정제를 먹고 있습니다.

**여자B**   언제부터 드신 거죠?

**기수**   2년 정도 됐습니다.

**여자B**   공황장애가 있으시죠?

**기수**   네.

**여자A**   재판장님!

**남자B**   기각합니다.

**여자B**   드시고 있는 안정제가 리보트릴 맞나요?

**기수**   네. (기억을 더듬어) 리보트릴, 디아제팜을 병행해서 먹는데 리보트릴을 더 많이 먹습니다.

**여자B**   그 약들의 후유증에 대해 아시나요?

**기수**   대충, 알고 있습니다.

**여자B**   직접 말씀해 주실 수 있을까요?


기수, 대답하지 않는다.


**여자B**   제가 대신 말씀드리죠. 리보트릴 복용이 장기화 된 이후에, 2년 정도면 장기가 맞겠죠. 장기화 된 이후에 부작용으로는 자살충동, 현기증, 무기력증, 환각 증상 등이 있습니다. 디아제팜이라고요? (가지고 온 의학자료를 펼쳐보며) 여기 있네요. 이 약품도 크게 다르지 않네요. 근육 떨림, 과민 반응, 수면장애, 두통, 환각 등이 부작용으로 조사돼 있습니다.

**여자A**　지금 피의자측은 증인을 모욕하고 있습니다, 재판장님!

**남자B**　길게 끌지 말고 마무리 하세요!

**여자B**　(피의자에게 시선을 준 후) 정리를 한 번 해보겠습니다. 증인의 증언이 결정적인 단서가 될 수 있습니다. 암요, 중요하고 소중한 제보입니다. 범죄자로 추정되는 자의 얼굴을 보았다는 것! 사건해결의 결정적인 대목입니다. 뭐가 더 필요하겠습니까?! 그런데 여기에는 기본적인 합의가 있어야 합니다. 증언을 하는 목격자를 우리가 신뢰할 수 있는 사람이어야 한다는 전제입니다. 지금 증인석에 앉은 사람은 평범한 사람과는 거리가 멀어 보입니다. 제 눈에만 그런가요? 별똥별, 안개 때문에 어둡고 음침한 곳을 즐기고, 공황장애가 있어 약물을 오래 복용한 환자입니다.

**기수**　공황장애는 최근에 받은 판정입니다. 수면제와 우울증 약만 2년 전부터 먹었습니다. 공황장애 약은 최근에 먹었습니다.

**여자B**　네, 알겠습니다. 다 들으셨죠? 증인은 제가 보기에는 개인적인 생활이 불가능할 정도로 불안한 사람입니다. 첫 진술 때 지구대에서 확성기로 사람들을 놀래키는 돌발적인 행동도 평범한 사람들에게서는 볼 수 없는 모습입니다. 지금 증인은 뚜렷한 직업도 없습니다. 이것이 무엇을 의미하는지 아시나요? 정상적이지 않다는 겁니다. 증인을 봐주십시오! 지금 이 신성한 법정에서 여기에 있는 사람들이 증인을 신뢰해야 하는 이유는 제가 보기에는 애석하게도 없습니다. 이제 피의자를 봐주십시오! 지금 피의자석에 앉은 사람은 그날 단순히 영도공원에 차를 주차시켰을 뿐이고, 전과가 있다는 사실로 아동 납치 및 살인용의자로 지목되었습니다. 그런데 말이죠. 그런 이유라면 너무나도 죄송하게도 전 이렇게 되묻고 싶습니다. 같은 불확실성에서 출발해야 한다면 지금 증인석에 있은 증인도 증인이 아닌 용의자가 될 수 있다는 엄연한 사실 말입니다. 그의 알리바이는 대체 어디에서 나오는 겁니까? 그의 말을 왜 전적으로 믿어야 하죠?

**여자A**  지금 원고는 심문의 도를 넘어서고 있습니다.

**남자B**  인정합니다.

**여자B**  오해하지는 말아주셨으면 합니다. 저는 증인을 용의자로의 신분 전환을 요청할 의사는 눈곱만치도 없습니다. 하지만 분명한 것은 제 표현이 지나쳤을지언정 명쾌하다고 생각합니다. 목격자의 범인 지명은 그의 불안정한 정신 상태로 인해 도저히 받아들일 수 없다고 주장합니다. 다시 말해 증인의 증언은 재판의 판단 근거가 될 수 없습니다. 죄의 내용이 엄중한 만큼 보다 합당하고 명쾌한 증거가 제시되길 법정에 간곡히 요구하는 바입니다. 이상입니다!

여자B가 들어가자 여자A가 일어나 기수에게 다가간다.

**여자A**     증인 괜찮으신가요?

**기수**     네.

**여자A**     피고는 증인에 대한 심문을 넘어 공개적인 모욕을 준 것에 대해 이에 상응하는 공개적 사과를 해야 함을 밝힙니다. (주변 사람들을 천천히 둘러보며) 마지막으로 다시 한 번 강조 드리고 싶습니다. 본 재판의 시작은 두 달 동안 어떠한 진척도 보이지 못하고 미해결 실종사건으로 끝날 수 있었던 사건이 목격자의 증언으로 시작되었다는 것입니다. 비록 주검으로 만나야 했지만 그의 증언으로 찾아진 혜영이란 존재는 절대적인 것입니다. 아이의 존재가 그를 증명합니다. 이건 아무도 부정할 수 없는 사실임을 강조합니다. (호흡을 가다듬고) 증인은 이미 두 차례의 거짓말 탐지기 테스트에도 기꺼이 응해 똑같은 결과를 얻었습니다. 그가 이 재판을 통해 얻을 수 있는 것이 없음에도 용기를 낸 것이 비정상인으로 취급받아야 한다고 생각지 않습니다. 증인은 이런 모욕을 받을 이유가 전혀 없음을 밝히는 바입니다. 저 역시 단순하고 명쾌합니다. 다시 한 번 묻겠습니다. (차분하고 부드러운 말투로 돌아와) 증인은 범죄자의 얼굴을 봤습니까?

**기수**     네. 봤습니다.

**여자A**     똑똑히요?

**기수**     네. 똑똑히 보았습니다.

**여자A**     이상입니다.

조명은 영희와 기수만을 핀 조명으로 비춘다.

두 사람은 서로 다른 곳을 보고 있다.


음악이 흐르기 시작한다.

*추천음악: 슈베르트 '죽음과 소녀' 2악장*

두 사람은 자리에서 일어나 춤을 추기 시작한다.


## 4-2. 두들겨 맞는 사람들 (무대 위 춤추는 두 사람)


*– 음악과 춤으로 표현되는 폭력의 장면*

*어둠 속에서 전남편에게 맞는 영희 / 어둠 속에서 어떤 남자에게 맞는 기수.*


음악이 흐른다. 폭력이 행사되는 모습이지만 무용으로 표현된다.

전남편이 영희를 쓰러뜨려 때리고 밟는다. 영희의 턱을 움켜쥔다.

**남자B**     딸년이 저렇게 됐는데 말을 안 해. 니만 엄마냐? 나도 애 비라고 이년아! 혜영이 아빠라고!!! 니 년이 뭘 어쩌려고, 너 혼자 뭘 어쩌려고 말을 안 해! 딸년이 죽었는데 말을 안 하냐고!


영희, 다시 두들겨 맞는다. 의식을 잃는다.

옆 무대에서는 복면 쓴 남자가 나타나 기수를 넘어뜨려 때리고 밟는다.

그는 의식을 거의 잃은 기수를 내려다보며 조롱한다.

**남자A**    잘못 건드린 거 모르지, 너! 뭘 봤다고? 앞으로 더 많이 보게 될 걸. 더 많이 보게 될 거야. 니가 보고 싶지 않았던 것들. 더럽고 구역질나는 것들! 다 기억해 둬. 싹 다 기억해 두라고! 재판정에서 그랬던 것처럼! 알았지!

기수, 두들겨 맞는다.

음악 소리 커지고 두 사람의 안무 이어진다.

서서히 어두워지는 무대.


## 4-3. 떠나고 싶은 사람들 (선착장 / 유학원)

가운데 책상 뒤 상담원(여자A)이 앉아있고 기수와 영희, 힘없이 의자에 앉아 있다. 둘 다 기다리고 있다.

영희는 선착장 대기실에 앉아 있다. 배편 시간표를 올려보다가 전화한다.

**영희**    아버지, 영희에요. 거기도 비 많이 오죠? 저야, 잘 지내죠.

아버지, 지금 선착장인데. 날씨 때문에 출항금지래. (사이) 왜는요? 간만에 아버지 보려고 가는 거지. 기다려 보고 오늘 못 가면 하루 여관에서 자고 내일 갈게요. 잘 지내시죠? (사이) 그러게요. 멀쩡한 날 두고 꼭 이렇게 폭풍 오는데 왔네. (사이) 혜영이는 같이 못 왔어요. 큰 언니네 맡기고 왔어. 걔가 나보다 큰 언니를 더 좋아하잖아. (사이) 휴가에요. 시간이 갑자기 생겨서. 내일 배표 사면 연탁드릴게요. 아버지, 뭐 필요한 거 없으세요? (사이) 개줄, 등긁이, 손톱깎이 또요? (사이) 알았어. 내일 사갈게. 또 뭐 필요한 거 없어요? (사이) 응. 들어가세요~

영희, 전화 끊고 가만히 손에 묵주를 센다.
반면, 기수는 서류봉투 만지작거리다가 어딘가로 전화한다.

**기수**　　은학아, 나야 기수! 바쁘구나! 어, 그래, 전화 주라! 꼭 줘!

기수, 전화 끊고 있다가 호출소리가 들리자 상담원에게 다가간다.

**여자A**　　(서류 훑어보며) 그러면 호주로 결정하신 거죠?
**기수**　　네. 호주. 오스트리아.
**여자A**　　아니요. 오스트리아가 아니라 오스트레일리아.

여자A가 문서들의 도장을 찍는다. 서류를 정리해서 기수에게 전

해준다.

**기수**     그럼 언제부터 출국이 가능하죠?

**여자A**    (서류 전하며) 오늘 팩스 넣어서 신고하면, 내일이라도 당장 가셔도 됩니다. 현지 가서 (서류 가리키며) 이쪽에 먼저 신고하시고 그 다음은 계획대로 진행하시면 되고요. 문제 생기면 여기나 대사관에 관련 문의하시면 돼요.

**기수**     정말 다 된 거죠?

**여자A**    네.

**기수**     더 필요한 거 없겠죠?

여자A, 대답 안 한다.

**기수**     가서 특별히 문제없겠죠? 이 서류들이면 충분하겠죠?

**여자A**    (다소 짜증스럽게) 네. (호출벨을 누른다) 다음이요.

**기수**     고맙습니다. 진짜 다 된 거죠?

기수는 가운데 무대에 잠시 서 있다 제자리를 세 네 바퀴 돈다. 그런 후 약간의 현기증을 느끼면서 원래 앉았던 자리로 돌아와 앉는다. 심호흡을 하는데 숨쉬기가 쉽지 않아 힘들어 한다(공항장애 증상). 약을 찾아 먹는다.

약을 먹고 서서히 안정을 찾아가는 기수.

옆에 앉아 있는 영희를 알아보고 인사를 한다.


## 4-4. 1년 후 (동네 골목)

칼국수집 근처에 앉아 있는 영희를 발견한 기수.
눈 감고 묵주를 만지는 영희의 어깨를 톡 건드린다.


**기수**    저기 아주머니….

**영희**    어, 놀라라! 오랜만이에요.

**기수**    오랜만이죠.

**영희**    1년 정도 됐나?

**기수**    거의 1년 됐네요. 마르셨어요.

**영희**    그쪽도 그때보다 말랐어.

**기수**    혹시 줄 서고 계세요?

**영희**    뭔 줄이 이렇게 길어?

**기수**    여기 맛집이에요. 칼국수 좋아하세요?

**영희**    좋아하다마다. 즐겨 먹지. 만들기도 잘해.

**기수**    여기 국물이 진짜 좋아요. 저도 먹으러 왔어요. 잘 됐네요.
　　　　같이 기다리시죠.

**영희**    보니까 거의 한 시간은 기다리겠는데?

**기수**    한 시간 기다릴 정도는 아닌데, 그러면 저쪽에도 칼국수
　　　　잘하는 데 있는데 거기 가실래요?

| 영희 | 혹시 저 짝 삼거리에서 우측에 금은방 옆? |
|---|---|
| 기수 | 아시네요. 그럼 거기로 갈까요? |

영희가 줄 앞쪽으로 가서 기다리는 사람에게 말을 건다. 잠시 후,
미소를 지으며 돌아온다.

| 영희 | 한 시간은 아니고 20분 정도만 기다리면 될 거래. 다들 먹었대. |
|---|---|
| 기수 | 그럼 기다릴까요? |
| 영희 | 함 기다려보지. 맛집이라는데…. |
| 기수 | 맛있어요. |

사이.

| 영희 | 그때 고마웠어. |
|---|---|
| 기수 | 아니에요. 그런데 재판은…. |
| 영희 | 무죄판결 났어. |

고개를 끄덕이는 기수

| 영희 | 세 번 재판 했는데 결국 무혐의 처리 받고 두 달 전에 풀려났어. |
|---|---|
| 기수 | 괜찮으세요? |

**영희**    (고개 저으며) 아니. 그놈 유죄판결 받는 걸 꼭 봐야하는데. 법이 뭘 위해 있는 건지… (애써 밝은 톤으로) 말이 돼? 사람이 똑똑히 봤다는데… 증언만으로는 죄가 성립될 수가 없대. 무죄 추정의 원칙이라나….

**기수**    (작은 소리로) 무죄 추정의 원칙….

**영희**    진짜 고마워. 쉬운 일 아닌데….

**기수**    그러시니까 배고프네요. 그럼 칼국수 사주세요.

**영희**    암, 그래야지. 내가 꼭 밥 한 번 사주고 싶었어. 아암~ 열 번도 백 번도 사야지, 내가. (사이) 들었어. 그놈이 사람 시켜서 해꼬지하고 그랬다고….

**기수**    원래 착한 놈 아니잖아요.

**영희**    괜히 나 땜에….

**기수**    저 내일 호주 가요.

**영희**    호주? 잘 됐네. 가족이 있어? 공부하러?

**기수**    돈 벌러요.

**영희**    좋네. 공부도 하고? 영어공부는 그런데서 해야지.

**기수**    그래야죠. 워킹홀리데이라고 프로그램이 있어요.

**영희**    좋네. 잘 됐네. 젊은 사람들이 외국 가서 돈도 벌고 그래야지. 호주라고?

**기수**    네. (작은 소리로) 오스트레일리아.


영희, 잠시 생각을 한다.

**영희** 저 말이야… (가방 안에 지갑에서 돈봉투를 꺼내며) 그럼 돈 많이 필요하겠다. 그지? 있잖아. 이거 얼마 안 되지만 보태써. 정말 잘 만났네. 내가 줄 수 있는 게 이거밖에 없다. 내가 그때는 경황이 없어서 생각을 못했어. 전단지에도 써 놨는데 내가 다 못 줘. 그냥 이 정도만 받아 줄 수 있어. 섭섭해 하지 말고.

**기수** (영희에게서 거리를 두며) 왜 이러세요. 저 괜찮습니다.

**영희** 내 마음이….

**기수** 이러시면 가겠습니다. 어머니랑 칼국수 못 먹어요.

**영희** 그때 내가 경황이 넘 없어서 사례금 생각도 못했어. 혹 그거 때문에 섭섭하진 않았지?

**기수** 아닙니다. 돈 받을 거면 이미 말했죠. 짭새들한테 얘기해서 받았겠죠.

**영희** 고마워. 그쪽은 참 좋은 사람이야. 소중한 사람이야!

영희가 기수의 손을 잡자 기수가 어색해 손을 천천히 뺀다.

**영희** 혹시 아프리카에는 워킹 홀리 그건 없어?

**기수** 아프리카요? 모르겠는데요. 왜요?

**영희** 난 아프리카에 가고 싶어서….

**기수** 아프리카요?

**영희** 아프리카는 관심 없어?

**기수** 거기는 잘 몰라요.

**영희**    별 얘기했다. 별 얘기.

**기수**    아닙니다. 아프리카 생각은 못해 봤네요.

**영희**    내가 어려서부터 코끼리를 좋아해서, 우리 혜영이도… 아니다. 별 얘기다. (애써 혼자 웃는다)

**기수**    아주머니, 저 별 얘기 좋아해요.


두 사람 옅게 미소를 짓는다. 하지만 그 미소도 오래가시 못하고 두 사람 사이에 침묵이 떠돈다. 기수도 영희도 약속이나 한 듯 바닥을 내려다본다.
영희, 자신의 발 아래를 내려 보다가 시선을 옮겨 기수의 신발을 쳐다본다.
말없이 보다가 말을 건넨다.


**영희**    근데 말야, 근데….


영희, 말문을 열지만 쉽게 이어가지 못하고 못한다.


사이.
사이.


**영희**    저기… 진짜 그 범인 얼굴 봤어? 본 거 맞아?


여전히 땅을 보고 있는 기수, 그 말을 듣고는 발로 땅을 천천히 비빈다.

그렇게 땅을 비비다 고개를 가로 젓는다.

영희가 기수 얼굴을 뚫어지게 쳐다본다.


기수는 고개를 들지 못하고 옅은 미소를 띤 채 바닥만을 응시한다.

영희의 두 손이 기수의 어깨와 팔을 움켜쥔다.

두 손에 힘을 주며 기수의 몸을 절망적으로 흔든다.

서서히 손에서 힘이 빠져간다.


**영희**    왜에~ 왜에~

**기수**    (들리지 않는 소리로) 그냥요. 그냥.


영희를 비추던 조명 사라지고 기수만 공간에 남겨진다.


**기수**    그냥요. 그냥. 아주머니를… 자유롭게 해드리고 싶었어요. 어쩌면 조금은 자유롭게 해드릴 수 있을 거 같아서… 범인이 없으면 안 되잖아요. 희망은 좋은 거지만 때론 희망이 더 우리를 숨 막히게 할 때가 있잖아요. 헛된 희망이란 게 좀체 사라지지 않더라고요. 아주머니를 그렇게 두고 싶지 않았어요. (아주 짧게 가볍게 웃고는) 진짜로 본 것도 같아요. 그놈을 진짜로 본 것처럼 생생하게 느껴졌어요. 정말로요. 저 참 이상한 사람이죠. 아주머니에게 전 이상한 사람이에요. 저도 잘 모르겠어요. 그러고 싶었어요. 그게 제가 할 수 있는 최선 같았어요. 저는 보았거든요. 아주머니의 슬픈 눈을요. 그래서 그랬나봐요. 그래서….

무대가 서서히 안개로 감싸여진다.

# 5. 내가 본 것

## 5-0. 안개 속에서

무대에 안개가 자욱하다.
어둠 속에 벤치 하나가 보인다.
한 젊은이가 벤치에 앉아 이어폰으로 음악을 듣고 있다.

들려오는 음악에 맞춰 천천히 몸을 움직여 리듬을 타더니 랩을 조
곤조곤 따라한다. 공격적인 가사지만 부드럽게 발음하다가 무슨 일
인지 이어폰을 빼고 안개 저 편을 멍하니 바라보게 된다. 더 자세
히 보려고 가까이 다가간다. 미간을 찌푸려 더 먼 곳을 응시한다.

한 남자가 안개 저 너머를 바라본다.
미동도 하지 않은 채 먼 곳을 응시한다.
예상하지도 못했고, 원하지도 않았던 풍경을 바라보는 듯하다.

음악이 안개처럼 깔린다.
무대는 서서히 어두워진다.

끝.

한국 희곡 명작선 93

# 내가 본 것

초판 1쇄 인쇄일   2021년 11월 25일
초판 1쇄 발행일   2021년 11월 30일

지 은 이   황은화
만 든 이   이정옥
만 든 곳   평민사
　　　　　서울시 은평구 수색로 340 〈202호〉
　　　　　전화 : 02) 375-8571 / 팩스 : 02) 375-8573
　　　　　http://blog.naver.com/pyung1976
　　　　　이메일   pyung1976@naver.com
등록번호   25100-2015-000102호
ISBN   978-89-7115-807-4  04800
　　　　　978-89-7115-663-6  (set)
정 　 가   9,000원

이 책은 사단법인 한국극작가협회가 한국문화예술위원회의 2021년 제4회 극작엑스포
지원금을 받아 출간하였습니다.